붉은 첼로

이강하 시집

붉은 첼로

지은이_이강하
펴낸이_송동림
펴낸곳_시와세계
주 소_서울시 종로구 삼일대로30길 21, 816호
전화_02-745-7276

등록_2010년 8월 24일 제300-2010-110
초판1쇄 발행_2014년 12월 1일

ISBN 979-11-85260-06-8 03810

붉은 첼로

이강하 시집

시와세계

詩는 존재의 무한을
발견하는 것이다
그 무한의 힘은 극히 자유롭다
세속적인 계급을 떠나, 오로지
맑은 영혼이 빚어내는 정직한 고독이다

낯선 설렘처럼
가도 가도 끝없는 세계다
소리와 향기, 맛, 감촉, 햇빛, 바람,
어둠이 있어 소통되는
그 아득한 깊이를 우리는 날마다 탐욕한다
어디에 있든
언제든 오랫동안 침묵도 상관없다

2014년 초겨울 이강하

차
례

해설

제1부

붉은 첼로

어둠 속 빛을 겨냥한 소리는 신중하다
빛을 품은 축축한 것들이 구름 속에서 발화되는 것처럼
구름이 태양을 알아가는 깨달음의 현絃

둥근 턱을 바랬으나
뾰쪽한 턱이 더 많았던 시간
그러나 좋은 노래를 부르기 위해 나뭇가지 슬픔도 감
수한
나이테 속 무중력의 악보들,
덜 여문 관계까지 눈치 챈 이 빗소리를 무엇이라 불러
야 하나

뼈를 깎는 논쟁이 있었기에
온 세계가 모여 만찬에 들 수 있는 것
이 세상 하나밖에 없는 악기로 부산떠는 거지
지난 잘못을 이제는 다신 거론 말자
정작 상처 입은 사람은 왜 말이 없는지
우리는 알면서도 모른 척, 현재의 실상에 박수를 치
는 거지

돌아서는 내가 두렵다

내일은 언제나 다이어트, 뚱뚱하게 내리꽂는 비의 변곡점에

눈을 떼지 못한 너도 두렵다

야누스를 복면한 빗방울들이

어느 복지관 굴뚝을 열심히 들여다보는 저녁

안개에 들다

삶의 저편에서 달려오는 소리가 잠복근무에 들어갔다
수백 개 푸른 눈을 반짝거리며 채찍을 휘두르는 마차
의 방울 소리는 속도와 어둠을 사수하는 밀림의 폭포

흰 장막을 치며 깊어가는 밤을 기습 공격한다
안개의 구릉들이
새부리를 꽂은 기수지역이 죽음보다 깊은 늪에서 몸
서리친다
뜨거웠다 다시 차가워지는 흐름의 구석

분명한 것과 분명하지 않은 예감은
과거의 무게로 자라 미래의 높이로 추락하는 잎이 말
해주는 것

별들이 어둠을 짙게 빨아들여 점의 밀도로 태우듯
이별하는 잎들이 가장 고운 소리에 지쳐 적요가 되듯
구석인 순간,
쫓는 자의 사전거리 안에 갇히고 마는

내가 도착한 곳은 어디인가

제 숨이 닳아지는 줄도 모르고 벼랑 밖 허공까지 삼킨
적요의 통로는 깊고 서늘했다
양쪽 세상을 동시에 만끽하며 여전히
정지를 모르고 길들이 사라지는 비밀의 늪

나를 끌고 어디까지 가려는가

브이 트레인 V-Train

나는 샤먼, 국경을 모른다
바람 속 태양의 혀처럼
황홀을 소유한 자,
터널을 통과한 햇살이 한참 보랏빛이다

당신 속 나,
이만한 자유는 없다
톡 쏘는 자몽에이드 신맛처럼
휘어지는 길에선 더 원시적인

하르르 스위치가 되는 생각들
점입가경인 샤먼의 행렬
이 세상 하나뿐인 신발을 신은 거지

눌러진 것들에서 더 흥분하는 눈동자들
길어진 팔다리들
말랑말랑해서 감동스런 아버지의 나라
오— 경이로워라

벼랑 끝을 오르내리는 탄성
똑같이 시야가 밝아지는 순간엔
더 탄력적으로

나는 샤먼, 국경이 없다
달려가고 달려오는
협곡 위 구름도 곧 나일 것이니

고구려는 멀리 있는데

바람이 수상하네, 고구려는 멀리 있는데
산야는 황금 비늘을 묵묵히 털고 있는데
수천 날개로 메아리치는 하늘
내 모자는 적요하네

호수는 인자해져서 나무들을 보듬고 있는데
내 모자는 비겁한, 내 반쪽은 적진
우리는 언제부터 고구려인가
저기 지평선이 맨발이네

고구려는 너무 멀리 있는데
계절이 오고가는 것이 어제오늘 일이 아닌데
다르게 느껴지는 오늘은 무엇 때문일까
고구려 속 고구려
늘 쫓기는 당신 기분이 나인 듯

쫓기는 기분일수록 목이 긴 사슴

뛰고 또 뛰네
고구려는 너무 멀리 있는데,
화원 꽃이 저리도 어여쁘게 피는데
낮의 끝이 환생을 꿈꾸듯

적도의 鳶
—송정박상진호수공원에서

그의 몸에 무궁화 꽃이 피고 있다 조국을 향한 혁명
적 그리움,

가도 가도 채울 수 없는 사선의 허기가

붉은 행성을 돌고 있다

독립의 사슬에 부딪혀 상처가 나고 화살을 맞기도 했
으나, 이는

오랫동안 마음을 비운 충혼의 가벼움이다

자유보다는 억압된 기도가 많았던 시간, 생각할수록

개인적인 직무에 열정을 쏟았던 나 아닌 나

비릿한 역사가 온갖 기형적 물빛을 뒤흔든다

끝없이 엇갈린 지난 날, 안과 밖의 전투가

연줄을 푸는 내내 울퉁불퉁하다

꽃이 피고 지는 생과 사의 무한처럼

낮달의 입장에서 보면 인간이 만들어 놓은 역사와 죄는

낮과 밤의 과녁을 능가할 것이라 우기고 싶겠다

호수를 건넌 연의 맥이 오목가슴 휘며 액厄을 쫓는다

점점 선명해지는 노을 속, 그날의 네가 서 있다

그의 영혼은 적도의 능선, 무궁화 꽃 만발한 영겁의 궁
이 될 것이다

방주의 난간

길을 걷다보면 벗어날 수 없는 운명적 얼굴이 계속 연결되지 지독히 미웠던 나라, 지독히 고왔던 꽃들이 나타났다 사라지지 아, 더는 방탄조끼가 내게 맞지 않아 미제의 감옥으로부터 탈출하고 싶어, 나는 오로지 나이로소이다!

널따란 포도밭을 집어삼킨 바람은 난간 위 난간, 북간도 고독처럼 만만치 않아

갈래 길에선 더 크게 휘돌며 방황하지, 건조한 혀를 날름거리며 안쪽 근육을 힘껏 어루만지지 숨이 턱까지 차올라 피를 토할 것 같아도 또 다른 얼굴이 되지

길을 걷다보면 길의 세계가 다양하지, 협곡 너머 협곡 속 불의에 짓밟혀도 다시 고개 들어 하늘을 보지

첫사랑

놀라운 미美의 ballroom이다. 세노테*의 햇살처럼 물길이 만들어낸 희귀한 석순처럼, 세월이 지나도 빛을 낸다. 쉼 없이 서로를 에메랄드빛으로 학습한 노래, 황홀한 물의 결집이다. 어떤 일이든 함께 공감할 때 서로의 존재는 믿음을 먹고 더 높이 성장한다. 간혹 마음의 창문에 구멍이 뚫려 검은 바람이 들기도 하지. 그러나 이는 내 생각이 네 생각이기 전에 응고된 고독일 뿐, 완전한 함몰은 아니다.

이별한 첫사랑은 잊을 만하면 되살아난다. 푸른 운명의 끈, 이보다 긴장된 역사는 없다. 나이를 모른다.

*세노테:낮고 편평한 석회암 지역에서 볼 수 있는 함몰 구멍에 지하수가 모인 천연 우물.

침묵의 삼일

1

사건이 없는 날은 내 모자가 바빠지는 날
침묵의 울음이 급물살 타고 이승 문을 여는 날
큰 가지 꺾인 옹이가 새잎을 피워내는 날
두렵다 외치던 모자 속 모자
네 눈언저리가 소설을 쓰고 싶은 날

2

사건이 없는 날은 달빛이 화려한 날
우리 간격이 넓어지는 날
내가 너에게 용서를 구했던 어떤 말도 무덤덤해지는 날
구름이 제 의무를 모른 채
발광을 해도
별들이 나를 아무렇게나 끌고 다녀도
내 발바닥이 인내하는 날
서로가 잠시 어둠과 그늘을 무시하는 날

3

사건이 없는 날은 나를 바로잡는 날

너에게 나에게 최선을 다하지 못한 것에 미안한 날

어떤 일이 일어나길 바라면서 일어나지 않기를 바라는

고정된 모습이 아닌 조바심 많은 바람의 늪,

그래서 픽션이라 부르고 싶은 나날

시간의 정원

　자연이 원하는 꿈의 메시지가 "0"인 상태는 장렬한 햇살과 강한 파도가 합이 되는 순간, 격렬하게 그러나 고요하게 눈이 감기는 오르가슴이다 시간의 정원에는 계절의 즙액이 물들인 열두 개 그늘이 펼쳐져 있다 그늘은 매 순간 변하지만 진종일 비가 내릴 것이라는 오늘 새벽 일기예보가 오류였어도 상관없다 밤새 삐거덕거리던 노모의 팔다리가 새 날개처럼 가벼워졌어도 상관없다 해바라기 꽃을 건들던 바람은 이미 입덧이 심했으므로 입추의 입술도 내 입술도 덩달아 새콤하다 온갖 열매가 불룩해지는 소리, 여기저기 몰려다니며 꽃잎 지는 형상이 수상스럽게 조화롭다 코발트 빛 하늘이 흠뻑 뒤섞인다 광활한 들판은 수천 마리 말을 타고 있는 듯 사계절이 빗발친다 찰나도 꿈이 될 수 있는 것처럼 인간과 자연은 영원히 공존해야하므로 시간의 뇌는 무엇인가를 결정지으려 애쓰지 않는다 바깥이 이미 자신이므로 자신을 가꾸는 것이 상대를 이해하는 것이므로 안과 바깥의 시간은 끝이 무한한, 너와 내가 원하는 정원의 열매는 항상 "0"로 둥글다

장미의 시간

반쯤 핀 꽃봉오리, 여러 겹의 꿈을 앓는
그 얇고 붉은 입술의 방언을 나는 가시로 읽는다

오월의 난투극 같은 철조망은 고통으로부터 버림받은
유혹이거나 그 무엇도 두려워하지 않는 질투의 건강한
골격이다 변명이 많아질수록 점점 분명해지는 출구 없는
시간의 광장, 몇 가지 상식만으로 삶을 상대하기란 쉽지
않았어 마지막 꽃이 피기 전에 처음 꽃을 버려야 했고 울
음이 터지는 가시의 감정을 가만가만 주워 담아야 원인
의 매듭을 풀 수 있었지

자신의 영역 밖으로
미친 듯이 사랑을 찾아 헤매던 덩굴장미

나는 지금 대륙이 투하한 감마리놀렌산에 감염됐어요
붉은 광장이 푸른 물방울들이 검은 출구를 강타해요 당
신들은 나와 함께 영원한 자유를 꿈꿀 거예요 작은 물고
기들이 희귀한 나비 떼가 나를 통과해요 빨강과 파랑이
교화敎化해요 절정의 순간이 아침이 될 때까지

나무의 불혹

무너진 시간의 표피가 사라지기 전
그녀가 쌓은 탑은 허풍일지도 모른다는 생각, 머리카
락은 거대하게 자라나
'우리'라는 잎을 피우기 위해 얌전한 나는 당신을 포
섭합니다

들어봐요 당신, 잎이 익는 소리에 꽃들이 바스락거려
요 누군가를 위해 궁굴려지는 꿈, 아주 고요한 평화가 번
져나요 향기가 왜 발이 없냐고 물어보지만 입 꼭 다문 채
바삭바삭 미래를 생각해요 눈 밑에 흐르는 물화석은 너
무나 가혹한 형벌, 깨질 수는 있어도 흐를 수 없어요 과
거의 상흔 모두 털어내고 가벼워지고 있어요 나도 가벼
워지죠

입구가 좁은 시간에서 태어난 태양의 첫 번째 여자
다리를 벌리고 묵묵히 접전을 벌이죠
왼쪽 나뭇잎을 잃고
오른쪽 나뭇잎을 걱정합니다 계단으로 쏟아진 그림자
를 환하게 채우는 모습

달이 부는 대로 흔들리는 나무
빗물에 헹궈진 언덕 위 노을에 내일을 새깁니다
불타는 욕정도 우리 어느 한때

언젠가 몸속 혈관이 헐고 너절해가겠지만
더는 울지 않아요 온몸에 바람을 키워 가벼워질 나무
잊지 못할 일들을 나이테에 가둡니다

단풍이 무르익을 때까지 우리, 귀걸이를 빼지 말아요

소금이 오기까지

햇살이 가장 뜨거워진 순간
나는 비로소 나를 깨닫습니다
수십 번 바닥을 치는 한낮은
우는 바다 웃는 바다

태양의 혈血을 먹고
바람의 각覺을 먹고
세상에 하나뿐인 존재를 고집합니다

새로 태어난 붉은 기억들
순수한 혈통
매일매일 기다림의 미학을 듣습니다
먼 파도 가까운 파도

높고 낮음은 상관 말자는
염부의 땀방울이 더 갈 곳 없는 골목을 가둡니다
하늘과 갯벌이 서로 맞닿아
가장 부드러운 살을 선보이는 한 철

태고의 동산을 유지한 상태

그래서 더 맛있는 바다

나도 당신도

비로소 세상을 사랑할 때입니다

오월의 아프리카

　고요가 알몸을 부풀리는 밤, 나는 아프리카 사바나를 질주해요 죽음을 초월한 안개의 혈血 속으로 얼룩말을 수없이 쏟아내요 큰 나무가 없어도 괜찮아 경계선을 이탈시키지 않으려고 얼룩말 엉덩이를 탁탁 쳐요 허공에 찍힌 새 발자국 따라

　뒤를 보면 안 돼 그 뒤를 이어 얼룩무늬를 뭉개며 쏜살같이 달리는 암사자들, 무서워하면서도 낄낄대며 필사적으로 달리는 어린얼룩말들, 발바닥이 새 날개가 되도록 달려야 해 그들이 돌면 나도 돌아 그들이 넘어지면 나도 넘어져 악착같이 방향과 속도를 견뎌내는 것이 어린 얼룩말이 살아가는 이유 사바나가 존재하는 이유, 서로는 서로의 발버둥을 사랑해요 서로 간 믿음, 서로 간 진실을 외면했던 그날의 광장이여, 이젠 나를 떠나요 잔인한 오월을 잊어요

　위태로운 꽃잎들이 별빛을 쓰다듬는 밤, 나는 아프리카 사바나를 질주해요 허위가 부서진 붉은 대륙의 이력이 사각사각 내 몸을 덮어 와요

제2부

못

사람들은 나를 카멜레온이라고도 말한다
당신 표정이 모빌처럼 흔들린다

네 행위가 거짓 같아
네 말이 거짓 같아
이따금 나무가, 꽃이 그것을 쥐어짠다
애인을 데려간 침묵이 참혹히 비틀어져
신음으로 작열하는 칸타타로
예배당으로부터 멀어진 십자가로
누군가를 일깨워줄 환각의 난간으로 내달리고 있다
슬픈 사건도 검은 기억들도 순식간 녹일
관능의 수면 끝에서
뚝딱거리는 나르시시즘 발작처럼

삐딱한 것이 자꾸 쌓이면 언제든
후진할 준비가 돼 있다
상처 이후 간절함이 비 그친 후면 더 선명하듯
내 풀꽃칸타타는 투명에 지쳐 운다
구름에서 태양으로 너의 침실에서 식탁으로

꽃 피듯 꿈이 시작되는 그 언덕 그 너머로

아, 신비하여라 가슴을 만져보아라
아득한 깊이만큼 무한한 물빛 공중으로 어제의 암흑이
다 빠져나가는 기분이다
음울함은 더 찬란하게 분노는 더 깊게,
누구에게나 생의 끝은 다 그러하니까
신발의 운명처럼

양지와 음지

나는 빛이 적어도 시간을 궁굴리는 황녀, 야생에 눈
뜬 사색이 코발트빛으로 옹알이를 할 때 당신을 만난 것
이 내 최상의 행운입니다 당신이 좋아한 푸른색 속울음
까지 사랑했으니 이만하면 내 이승의 詩사랑은 명경인가

오늘 바쁘고 내일 바빠도 그땐 왜 그토록 당신이 좋
았는지 당신 뒷모습에서 흘러내린 빗소리까지 달콤했으
니 끊임없이 궁금한 숲의 늪까지 아늑했으니

어둠을 친친 감고도 시간을 명품으로 견뎌낸 당신
은 내 사람, 내 사랑이 커져갈수록 구름이 반대로 흘러가
는 것처럼 당신이 내 본성에 전혀 관심 없음을 예측하면
서도 얼룩진 벼랑까지 습득한 당신은 간혹 사막의 황제,

스스로 자신을 헌신하는 방식을 사랑해요 받는 것보
다 비춰주는 것에 익숙한 습관처럼 공인되지 않는 처참
을 갖고 있었어도 마찬가지였을 겁니다 그러나 오늘은
저승의 황녀가 아닌 이승의 황녀로 당신과 맞섭니다 당
신은 당신대로 나보다 몇 배 바깥에 치우쳐 있으므로 나

는 나대로 안쪽의 단단한 방식으로

　황제여, 지금 당신 밖의 세계가 어떠합니까? 약자의 숲
입니까? 네, 저는 견딜만합니다 당신은 변하지 않는 온도
로 여전히 내 마음 속에서 강렬히 끓고 있는 붉은 난로입
니다 당신은 몸 밖에서 달아오르는 그것을 나는 입 속에
서 번지는 그것을 세세히 터득해 볼까요, 서로의 눈빛으
로 만든 검푸른 화살로

노을

또 다른 하루가 시작되는 항구다
네 모습이 붉다
내 모습도 붉다

무수한 생명이 남겨놓은 소리
양면성을 지닌 발자국 소리가 빛의 균열에 순응하면
파르르 오감을 느끼는 노을 속 구멍들
먼 바다를 향해 붉은 깃을 세운다

펄럭거리던 돛, 아득히 밀려드는 섬의 물결
지나간 시간, 어스름의 메아리는
그리움보다 쓰라린 공터의 사색을
즐기겠구나, 검은 울음을
다 토해낸 구멍 많은 어느 당산나무처럼

너와 나의 거리가 멀수록
은밀히 포효하는 형상인가, 끼룩끼룩
기러기 떼 날아올라 우리 자리를 힘차게 다독여도
자꾸만 다른 모습이다

앞뒤가 충만한 황홀함으로
더 깊이 더 가벼운 안식으로

또 다른 계절의 문이 숨을 크게 몰아쉰다
내 모습이 편안하다
내 모습도 편안하다

적자생존의 법칙
— 흰꼬리사슴

평평 내리는 눈발 속 흰꼬리사슴이 보인다
어쩐지 이번은 내 생生 마지막 눈일 될 것 같아
형이 떠나던 무렵, 그 첫눈이다
흰꼬리사슴, 괜히 붙여진 이름이 아닐 거야
형, 흰꼬리 번쩍 들고 어디든 가자

나약한 언어는 바로잡고
낮은 자리 어떤 소리도 사소함으로 여기지 말자
단단한 뿔이 긍정을 포효하듯
우리가 처한 가난은 곧 끝날 것이니
늘 소중한 한 걸음, 한 걸음으로

입천장의 감각기관은 아직 성실한가
이번 겨울만 잘 넘기면 미래는 우리일 것이니
페로몬과 침을 나뭇가지에 묻히는 일
두 개의 발을 겨누어 보는 일
붉은 투사의 뿔로 수백 그루 나무를 긁어댈 수 있는
그날이 우리일 것이니

그러나 식욕은 점점 길 잃은 눈발,

가뿐 숨소리로 저녁이 나른하다

누군가 떠나면 또 다른 삶이 시작되는가

저 멀리 오크나무도토리를 먹는 다람쥐가 아련하다

고베 메모리얼 파크를 걷다

가끔 구름이고 싶을 때가 있어 태양이 끓는 소리를 가까이에서 엿들을 수 있는 신비한 새이고 싶을 때가, 부드러운 계절이 손을 내밀 때쯤 마음 놓고 아주 천천히 아무도 눈치 채지 못하게 소원을 빌 때가 있어 오염된 빙하에서 울다 지친 돌연변이 세포가 태어나지 않기를

가끔 바닥이고 싶을 때가 있어 나뭇잎 속삭이는 소리를 금세 알아채는 신비한 무덤이고 싶을 때가, 점점 울퉁불퉁해지는 걸음, 서늘해진 바다 향에 손톱이 가려워 지각의 회전을 천천히 느끼며 잡초를 뽑기도 해 생각이 어긋났다 싶으면 저 나무는 언제든 마법을 쓰겠지 가차 없이 꽃을 지우고 열매를 선택하는

사람들이 북적거리는 사쿠라나무 아래 MP3를 낀 고베의 여름이 노래하네 지나간 일에 치우치지 않을래 당신 흔적이 날마다 세계를 놀라게 한다 해도 오늘을 사랑할래, 그날은 싫어 무덤 속 꽃잎들아, 이제 더는 슬퍼하지 마 너와 나는 진화의 문턱을 즐기며 호기심을 탐구하는 명랑한 늪이니까

파도도서관과 양파링

아삭바삭 나를 먹네. 애초부터 모서리가 없는 기둥은 저만치 선 연인들에겐 푸른 등대일 뿐이네. 열람할 수 없는 파도 뒷문으로 오징어 배처럼 흔들리는 수평선이 구겨진 나를 철썩철썩 펴내고 있네. 첩첩 깔리는 안개의 숲이네. 내가 부서지는 아득한 소리. 침묵과 소음을 동시에 헝클어놓고 은하수를 읽던 수많은 바람들, 신나게 달리네. 고요가 철―썩, 서로의 안녕을 물으면 우리의 미래도 수평으로 밀려오네.

바다일까 육지일까 파도가 밤 내 육해도감을 넘겨본다네. 왜 바다 귀신고래들이 양파를 쓸까? 주술을 풀지 못하는 나의 춤, 한 권의 책으로 남고 싶은 너와 나, 벗겨도 보이지 않는 푸른빛 밤바다를 꿈꾸는 여기는 파도도서관이네.

책의 온도

귀뚜라미 울음 먹고 자란 닥나무 한 그루
한 권의 유품이 되기 위해
얼마나 많은 협곡을 오르내렸을까
유명幽明을 달리한다는 것은 다시 못 부를 이름을 활
자화한다는 것
다시 안 잊힐 역사를 농축시켜
빨갛게 타오르는 열병이다 먼 훗날

사람들을 놀라게 할 세상을 평준화하겠다는 불우한
힐책
제 살 떼어 주는 붉은 자전을 그 누가 알겠는가
반항하고 싶어도 속내 감춘 구슬픈 울음들이
계곡 속에 처연하게 섞이는 밤,
얽히고설켜 서로의 단점을 염려한다

문맥 속에 갇혀 있던 자유의 본능은
한 생을 다시 펼친 시간의 갈피에 죽은 영혼들 일대기
를 그려내기도 한다
오래오래 닥나무를 분석해

주변 온도를 맞추기 시작한 귀뚜라미 한 마리
4초 동안 서른다섯 번 아랫도리를 벗는다
하루에도 수십 번 알몸을 벗는

시국의 진실을 익히 파악한 안개의 혈맥들
붉은 두족류들과 한판 엎드려 생의 한기를 벗어날 심
사다
동경하는 힘이 같아질 땐 그쪽으로만 뜨거워질 것이다
내 귓가에 다시 들려오는
귀뚜라미 울음 한 줄 끊길 듯 들려오는
산조 가야금 첫 소절이

숯가마

가을과 겨울 사이를 잠입한 나른한 골목 안
빛나는 화염을 풀어 놓고 있다 누군가
불꽃 갈퀴는 보다 높은 곳에 오르기 위해
벽을 타고 여자들의 가랑이에선
가마가 달구어지고 있다

구운 달걀들이 통통해지고 있다
규칙은 리듬과 엇박자로 떨어지고 골목의
어깨는 왼쪽으로 휘어지고 이유 없이
발톱을 매만지다 실실 웃기도 한다 달마다
바뀌는 빛의 방향들 땀방울의 화염을

삼키는 골목으로 우리는 사라진다 나는
곧 낯선 여자의 다리에서 탄력적인
달걀 하나를 얻을 것이다 언젠가
열정의 날개로 태어나던 달걀 막다른
골목 끝이 갈라진다 세상의

반을 돌아온 가마의 둥근 등에 누워

바퀴를 굴리는 흙벽의 그림자를 바라본다
불덩이를 품은 기억은 양지로 내내
환하다 우리는 가마 안에서
그렇게 달아오르고 있다

나무지느러미

유리다관 속에서 호수 풍경이 말갛게 우려진다
언제부터 저렇게 많은 지느러미를 꿰매
색색 모빌을 달고 있었을까
꼭지를 뚝, 하고 떠난 것들
핑그르르 눈물이 돌듯 내게로 헤엄쳐온다
부모 형제 남편 아이가 따스하게 가물, 입술을 적신다
혀끝을 은은하게 치고 파고드는 색색 지느러미
뼈 감춘 저들의 빨간 웃음소리는
등 굽은 나무 그늘의 부호를 판독하는 물고기 떼,
수평을 지키며 깊어지는 호수의 내력을 읽었던 거다
잎이 바람에 물드는 소리를 들었던 거다
순탄하지 않았던 지난 시절이
쿨렁쿨렁, 하나의 공통점을 찾는다고
출렁이며 일어났으나, 이내
휘어진 내 등을 받쳐줄 의자가 되는구나
빛으로부터 가장 가까운 곳에서
그늘 쪽으로 가라앉는 붉은 입자들
한 줄기 믿음으로 내 심장을 보호할 것이다

안전한 바람을 장착한 세계수世界樹처럼
수천 물방울 나사로 이 세상을 조율할 것이다
꼴깍, 마지막 잎 구르는 소리가 미치도록 곱다

천이遷移

시간이 흐름에 따라 당신의 피는 계속 끓는다
새소리, 산림의 비율이 가끔
결박의 온도에서 벗어나듯
돛을 단 씨앗은 바다 기슭을 습격하기도 한다

일정한 지역에서 탈출한
번식의 자유는 언제나 당돌하다
누군가 선택한 바람이 계곡으로 흩어질 땐
당신의 심장은 어느 순간 산마루에 올라 활짝 웃는다
아무렇지도 않은 듯 아주 가혹히

당신과 나 사이는 세월의 근엄한 거울
나이테처럼 깊고 강인하다
기적이 아니라 당연 예측이 가능한
누구를 위한 저항인가

지친 그늘이 태양을 제 몸에 세차게 문지르면
아주 잠깐 누군가는 열반에 든다 그래서

시간의 간격은 오묘한 미래,

날마다 질주하는 시간의 번식
가슴이 뗜다 계곡의 꽃향기가 빗장을 연다
당신과 나는 돌고 도는 추륜推輪,
수직과 곡선을 사랑하는 숲의 눈물이다

카페와플*

시피족이 좋아하는 부드러운 레드야
오월의 뒤쪽,
꽃잎이 여러 날 울어 지쳐 빨갛다 못해 새까매진 갈
색 카페를
한 겹씩 벗겨내고 있어

어쩌다 열대공화국이 되었을까
모든 환경에 익숙해져야 어떠한 생물과의 대화도 순
조롭다는데
수십 겹 시운時運을 피워낸 꽃잎 속

사계절이 뚜렷한 골짜기
푸른 뒷마당 귀여운 커피 잔 하나가 그네를 타고 있어
서러운 이름들을 하나 둘 헤아리면서
총알 박은 사람들이 벽 속으로 사라진 장면을 잊을 수
없어요, 하고
아버지를 부르면 바람이 먼저 울분을 토해

바삭바삭 와플이 나를 씹는 동안

지난 기억은 너무 춥고 씁쓸해

솜털방귀가 삐져나와 까만 군화소리를 떠올리며 몸서리를 쳐

으슬으슬 탁자 위 꽃병이 비틀거려

서늘해진 커피 유령들이

알라딘 램프를 벽담에 걸어놓고

붉은 노을 핥아먹으며 눈빛을 부라리고 있어

마치 길 건너 담벼락이 수상하다는 듯

볼록해진 나는 군데군데 벤치의 그늘을 즐기는 오월의 프리즘,

알록달록한 역사를 소환 중이야

* 진한 원두커피와 함께 즐기는 바삭바삭한 와플 아이스크림.

城
―낙안읍성의 새벽

나는 만인의 방패다
겉은 딱딱하나 배경을 휘어잡는 품새를 그 누가 따라
가리
용광로 같은 열정

불어오는 바람 끝 어둠이 눈꼬리를 치켜떠도
조선의 기개는 계절 따라 절절하다
말발굽 소리 드높여 성 밖을 호령하는 자 누군가

내일의 안녕을 꿈꾸며 또다시 계획을 세우는 발작
神도 꼼짝 못하는 과녁이 되리

별들의 용트림이 성 안으로 길게 떨어진다
절망이 안에서만 존재하는 것이 아니듯
마지막 성벽을 돌아 성 바깥쪽으로 필을 꺾는 달빛
속세의 또 다른 희망봉인가

역사 속 불우한 이웃마저 사랑할 수밖에 없었던 성의
그늘

불면을 떼고 나온 새벽이
새로운 각오로 기울어진 세상의 문들을 바로잡는다

점점 가까이 짙어오는 새벽의 혈血이 붉다
이것은 사막의 분투가 시작되는 시점,
눈이 부시다

인디언복 입어보기

품과 길이가 서로에게 서툴러합니다
그에게 들어서면 나는
아마존 강이 흐르는 오카리나

굴곡 따라 한 옥타브 길게 허리를 비틉니다
높고 부드러운 음색을 휘갈기니
물빛이 박음질된 푸른 계곡 위로 실직된 독수리가 인
디언 춤을
춥니다
문득, 오랜 기간 바느질을 사육한 옛사람들이 그립습
니다

조심스레 자리를 잡아가는 오카리나 지층
강을 헤엄치던 그림자들이
단추를 오르내립니다
오카리나 휘파람은 문명을 거부하는 소리
관습을 지키려는 듯 몸부림칩니다

미완의 공간에 입문한 햇살이 저다지 근엄할 수 있을까

꽉 쪼인 가죽 셔츠를 벗으려니
독수리 떼가 먼저 단추를 열고 날아오릅니다
거짓 없는 하늘에서 흔들리는 춤
당신과 내가 조금씩 변해가는 중인가

자화상을 한 겹으로 잇던 음질이 구겨지고
진화의 틈에서 혀 없는 한 쌍의 그림자가 울고 있습
니다

제3부

해빙기

남쪽을 향하는 기차가 빗소리를 드높인다

떠오른 해를 길게 눌러쓴 가로수 잎은
남쪽의 자존심을 담은 이슬처럼 볼록하다
뻐꾸기로 바뀐 채 남쪽 길에서 북쪽의 성대를 빼내는
중이다

파랗게 매달린 소리의 바퀴들
뻐꾹, 뻐뻐꾹 북쪽의 길을 지우고 있다
눈빛이 날카로운 나뭇가지의 근육들
강을 향하여 우뚝 서 있다는 것은
제 삶의 계획표를 다시 작성해
설레는 열두 달을 물가에 하명하기 위함이다
남북을 가로지르는 질긴 여운 사이
어떤 굴곡에도 양쪽 자장資裝을 놓지 않았던가

빙하의 귀족들이 분쟁하기 전
기차는 서둘러 한발의 시절을 집어삼키며 터널을 통
과한다

겁을 먹고 목젖이 말똥해진 나의 취기
기이하도록 나지막한 음성으로
북에서 탑승한 뻐꾸기 하나씩 꺼내놓는다

뻐꾹, 뻐뻐꾹 북쪽의 길이 꿈틀거린다

저물녘

저물녘의 신비는 사소한 것으로부터 발산한다
아주 겸허하면서 적막히

소녀들이 살포시 눈을 뜨듯 빛을 꺼내는 친환경가로등
에서, '잘근' 신록을 씹는 수천 개구리 우는 소리에서,
한 번도 엇갈림 없이 생의 계단을 나란히 올랐을 것 같
은 다정한 두 부부 뒷모습에서, 황소들이 먼 산 위 노을
과 이별하는 부름에서, 초승달을 채워가는 강아지 속도
에서, 사랑스러워 내 품는 소년의 분홍 입김에서, 떨어진
나뭇가지에 주춤거리다 치달리는 자전거바퀴에서, 방울
꽃이 새 날개 속에서 끝없이 흔들린 것에서, 한생 한생이
출몰하는 매 순간은

떠난 사람이 누군가가 그리워 부는 트럼펫 소리
어둠의 공명은 무한한가
나는 이미 무아경이다, 걷는 내내
열도列島의 심연으로부터

盲人

깜깜하지 않아, 나는 항상 바깥이었으니

내 바깥은 신비롭고 화창해
기차를 타고 가는 기다란 호수 같아
멀리 여행을 가고 싶어, 하고 노래 부르면
물결을 타고 오르는 싱싱한 배 한 척
그러나 완벽한 항해란 쉽지 않아
공연을 실수 없이 마치는 것처럼
목덜미를 스치는 그 무엇도 놓쳐선 안 돼

허공의 길을 더듬어 몸을 휘는 나무들
울퉁불퉁 걸음은 매초 근엄하고 신중하지
나는 슬픔을 모르는 볼록한 잎눈
어느 지팡이 미래를 연구하는 점자가 되지
어둠으로 이어지는 저녁의 길 끝, 저쪽을
훤히 열어놓고 나는 밤에도 걷지

두렵지 않아
내 몸속에는 거대한 지도가 움트고 있으니

결빙구간

지퍼를 열고 있었다
탈골된 발목
몹쓸 예감이 맞았다
산을 오르면 오를수록
고목나무 밑 까만 음지 같은 날들

물고기야, 어디 있니?
이파리 뒤에 숨었니, 옹이 속에 숨었니?
대답해주지 않으면
아무 곳에나 작살을 놓을 거야

문 닫힌 회사 앞 가족들이
찢어져 너덜거리는 포스트잇처럼 떨고
눈발은 겹겹 능선표지판에 침묵을 건네고
산과 산은 어깨를 기대고 꽁꽁 언 마음을
어디로 흘려보내는 걸까

촉감으로 뭉쳐진 음지의 끝 이전의 자궁에서
눈물 같은 시간을 만난다 따뜻한

햇살이 발목 사이로 모여든다 늑골 사이
구멍이 뚫리는 소리 얼음의 이쪽에서
저쪽으로 건너갈 것이다
새의 울음 따라 벼랑에 서 있다

안개

나는 푸른 갈퀴를 단 음유시인
간절히 말하는 것도
용암처럼 꿈틀거리는 불만도
참고 이겨내는
한 무더기
예술적 은유다

입이 긴 한 주가
꼬리가 잘린 한 주가
뱀의 형상으로 다가와 고민의 해결을 요구하면
너는 너일 뿐
나는 나일 뿐
예수 형상이었다가
부처 형상이었다가

푹푹 어둠과 새벽을 떠먹고
급기야 분명한 안개 속 언어들
우주의 기운으로 변하는 틈과 틈 사이에서
스스로 팽창함을 즐기다니,

서로 의견과 상관없이
한줄기 존재의 영원을 꿈꾸는
꽃잎들 절규로 환생한다

뱀의 경전

그녀의 몸에 아프리카가 흐른다
풀잎을 스치는 비늘이 오늘은 영락없이
꽃 피는 형색이다 애초에
그녀의 몸은 단청이었다 빛깔로 소리를 잠재우고
새 잡으러 나무를 휘감아 오르다 기둥이 된 이후
시끄럽게 우는 개똥지빠귀를 꿀꺽,
풍경이 삼킨 것은 어쩔 수 없는 일
그녀가 단청으로 건너오기까지
개구리들의 몸보신은 그칠 줄 몰랐다
아프리카 주술이 일주문을 통과해
연못을 휘젓고 대웅전을 휘감아
단청으로 법어를 수놓는 길, 그녀는
처음부터 길게 눈뜨고 꼬리에 힘을 가했을 것이다
흔들리는 세상을 고요히 잠들게 한 것이다

혀끝으로 스르륵 미끄러지는 아프리카차
풀잎의 소스라침을 듣는다 몸 깊숙이
절집 한 채 있다고 내 목을 감고 꿈틀거린다
한 모금 마실 때마다 선명해지는 단청

하늘 한 바퀴 휘감아 오르고 있다

신불산을 오르며

사는 동안 나와 인연이 된 이가 몇일까

나는 귀천을 버리고 사람을 만났다
어릴 때도 그랬고 성년이 돼서도 그랬고 現 나이에도
그러하다
내가 잘나서도 아니요
그렇다고 죽도록 못난 것도 아니다

좋은 관계를 유지하기란 쉽지 않다
극도의 신념이 붓끝에 전해져 감동이 일어야 하기 때
문이다

누구나 한번쯤 비슷한 경험이 있었을 터,
신중을 기하지 않고 눈앞에 보인 재질만으로 고가가
방을 사버린다
결과는 후회의 나날,
분에 넘친 가방을 든 모습이 어찌나 어색한지
옷과 신발은 나날이 울상이다
출근 길, 모임에서도 즐겁지 않다

그러다가 어느 날, 신발을 바꾸고 옷을 바꾸고
　　또 가방을 고르게 되고 세상에가 가장 슬픈 네온사인
이 되는 것이다

　　지금 나는 분수에 맞는 종이가 필요하다
　　좀처럼 흔들리지 않는 山처럼, 내 붓끝을 상대할
　　나무들의 속성을 알아갈 때다

선운사 도솔천

이곳에 정박한 나는 다시 가을이다
흐르는 물소리 따라
일곱 날이 빵빵한 도솔천
송악의 신비에 나는 자꾸 뒤돌아본다
서로가 만나지 못해도
속세를 떠난 지금이
너무 평화롭다고
권세의 뒷골목에 치여 아픈 지인들에게
일곱 날의 슬픔은 다 내려놓으라고
나 떠난 뒤, 어느 날 홀연히 여기에서
일곱 날을 머물러도 괜찮다고
얼마나 멋진 목소리인지
멋진 뒷모습인지 묻지 않는다고
입술 꾹 깨물고
뒤돌아서 나를 모른 채 걸어도
성실한 믿음만 있으면 충분하다고
너를 알아가는 하룻밤이
나를 알아가는 하룻밤이라고
한없이 투명한 빛의 나라

여기에 일곱 날을 띄워 보지 않겠냐고
천년의 눈길, 꽃무릇은
지금 나를 견디는 중이라고.

사막과 꽃잎

당신 내부는 버석거리는 사막
어쩌다 별 무리를 붙잡고 온몸 일으켰으나
걸음은 매순간 엿가락처럼 휘어져
꽃잎 우네

산을 사랑했으나 지금은 방 한 칸이 전부
큰 산을 보려고 해도 당신 뼈 속엔 건조한 바람만 가득
미친 듯이 자해를 꿈꾸는 늪처럼
신이 내린 임무치고는 너무 가혹해
꽃잎 우네

계절 따라 맛있는 음식, 자식 효도에 행복할 거라고
큰소리치던 도시의 똑똑한 아들은 어디로 갔나
마당이 없으면 어때요? 아파트에서 아리랑도 부르며
함께 살자던 딸은 또 어디로? 처신을 잘못하면
방 한 칸 자유도 날아간다 하시며 오르지 한 집만 고
집한
그런 당신을 이해 못한 혈맥들
꽃잎 우네

큰 집이 큰 도시가 두려워

능력의 한계를 알고 있으므로 내 밖 문화를 멀리 한
다네

지금은 오랫동안 한 곳에 머물고 싶다는 생각 뿐

어머니— 우리 어머니,

꽃잎 우네

나는 거문고, 당신은 기타

나는 아직 홍콩인데
당신은 나보다 한 발 앞선 싱가포르,
서둘러 당신에게로 날아가는 비행기 밖
비가 내리네

나는 나를 모르고 내 시선이 자꾸 느린데
당신은 이미 센토사 섬을 향한 새
어쩌자고 길이 자꾸 어긋나는지
비가 내리네

나는 고작 보타닉 가든이 관심인데
당신은 벌써 바탐을 돌아 나온 배,
미리 예측하지 못한 서로의 발자국 소리
비가 내리네

서로의 쟁점은 스침인데
닿는 곳이 너무 고요하기도 하고 시끄럽기도 하니
어긋난 언행은 숨바꼭질을 좋아하지
고도로 단련된 빛과 어둠의 꼬리 속

비가 내리네

어디서 만나든 소통한 시점이 타협일 것이네
비가 점점 거세지네

출사出寫

아직은 날을 세운 바람이군요 춥지만 출장오기 잘했
구나,
차가운 열손가락이 카메라를 매만지며 어두운 길을 뒤
로 밀쳐요

얼어붙은 환경과 경제를 걱정하는 어둠 속 빛의 아우
성들

어제 뵈었으나 또 뵙고 싶은 따뜻한 어머니 손길이 생
각나고 먼 나라 형부가 생각나고 살아가기 위해 태평양
을 제집처럼 드나들던 오빠가 생각나고 한국의 미래 이
야기로 한 시간 넘게 통화한 친구 얼굴이 생각나고 성실
을 교훈으로 삼았던 은사님이 생각나고 가난했으나 과일
나무가 지천인 유년의 뒤뜰이 생각나고

미친 듯이 어둠을 삼키는 너와 나, 저 붉은 원을 통과
하면
우리는 또 다른 세상을 만들 수 있을까

무례한 도시의 뒷골목이 싫어서 더 둥그러지고 싶은 얼굴들, 관계된 내부들이 새벽을 펼치며 내일을 의논해요 끈질긴 생명의 빛들이여, 뒤집힌 마음 속 얼굴을 깨끗이 닦아보오 찰칵, 소원을 담은 풍등風燈이 점점 많아져요 천년이 되어도 죽지 않을 것들이 즐거운 비명으로

행복한 겹

오동수약수터* 가는 길
단풍 드네
너와 내가 웃네

한 잎 두 잎 익는 소리를
새들이 양쪽 귀에 꽂고 내뱉는 말
"우리는 고독의 소리를 즐기며 수집해
최고의 알약을 조제하는 약사들,
행복한 겹입니다."

지저귀는 산새 너머
나뭇가지들이 한참동안 박장대소,
두 손 꼭 잡고 걷던 우리, 부끄러워 뜨겁게 달아오르네
새들 몸이 색색色色 부풀고
알약은 점점 빨갛게 익어가네

너와 나는 계속 웃네

* 경상북도 경주시 진현동에 있는 약수터.

80

토마토

물결 끝에서 수상한 바람 속에서

물고기를 찾는

물총새의 발자국 같은

점점이

열정을 슬어놓은

태양의 어느 젊은 한때

제4부

사랑초

바람의 서슬에 죽죽 갈라진 세 갈래 이파리, 그대 삐쭉거리는 입술 같아요 돌아보면 아무 것도 아닌 것을 성긴 빗방울의 일갈을 큰 모서리로 알아듣다니, 비틀거리는 생각이 널 만질 수도 없어요

물을 주어도 햇빛에 오래 내놔도 여전히 네 심장소리가 빨라요 이름 모를 물고기 떼에 현혹되어 가슴을 쉽게 열어주며 아가미에 상처도 여럿 달았겠지 멀뚱한 자세로 노랑 풍선을 마구마구 불었겠지 보라색 몸이 되어가는 줄도 모르고

나를 닮은 그대여, 병가 기간에도 여전히 전공과 반대되는 서적만 골라 읽었겠지요? 과도한 참견은 싫어 싫어하면서, 지나가는 앰뷸런스 뒤꽁무니에 대고 노란 똥을 픽픽 갈기면서 말이지

이젠 가만히 귀 대어 너를 엿듣고만 싶어 종처럼 거꾸로 매달린 분홍 꽃이 댕강거리는 너의 소리를, 태초의 배꼽과 배꼽과의 대화로 돌아가고 싶어요

소화의 동쪽·1

내 하루 출발점에는 항상 아버지가 계신다. 자연의 귀중한 한 부분으로 없어서는 안 될 귀한 공기로. 열도에 살면서도, 내가 바르지 못한 걸음일 때도 조건 없는 오아시스로. 극도의 아픔도 내보이지 않았던 천의 얼굴, 존경하는 신부님도 보인다. 내 나약한 몸과 마음을 미리 아셨던 것일까. 당신을 더 깊이 알아가는 골목의 빗소리가 간곡하다

섬을 빠져나온 내 첫 기도가 온 힘을 다해 무릎을 세운다. 지독한 비난도 미워할 줄 모르고 견뎌낸 그제도 두 손 모아 꽃을 피운다. 죽도록 싫었던 북쪽의 총성, 혀가 없다. 눈이 없다. 귀도 없다. 평생 잊지 못할 칼날 같은 뱀의 휘파람도 이젠 아무 것도 아니다. 小花로 사는 동안 진실한 하루하루가 꿈일 뿐. 빗물이 꽃을 타고 흐느낀다. 꽃이 점점 많아진다.

피튜니아

피튜니아—
당신을 처음 만난 것이 어디였더라
거기, 거기였지요 아마?
당신을 보는 순간
빠개지는 듯한 두통이 확, 사라진
바람 불어 황홀한 골목
당신의 청명한 목소리가 분홍으로 내 머리칼을 웃게
했죠

유난히 신발가게가 많았던 곳
오빠가 좋아한 구두가
내가 좋아한 샌들이
일곱 가지 만년필 꽂고 한참을 걸었죠
만파식적을 불러내는 듯

피튜니아—
나, 오늘 부탁이 있어요
그때의 나팔소리가 그리워요
나와 내 지인들에게 평화의 소리를 들려줘요

아주 은은한 빛깔로 어둠이 떠나게
가난이 저 멀리 달아나게
정치가 아닌 자연을 위한 음률로

피튜니아―
사실, 오늘은 내가 구름에서 출감한 날
당신을 만난 날
두부는 사절입니다
당신 마음이면 족해요
페튜니아― 나팔을 불어요
더 세게
이 세상 평민의 웃음이 멈추지 않게!
내 사랑, 피튜니아―

오렌지

눈 오는 밤, 차가운 반달이
내 입술을 더듬는다
하얀 실밥이 너덜너덜 붙어 있는
반달 표면은 얼음처럼
소름이 돋았지만 이내 뒷목에 힘을 빼고
오렌지 나무가 자라는 꿈을 꾼다

실밥 수에 맞춰 노래를 불러주고
반달 표면에는 부드러운 전율을, 중심부로
갈수록 풀숲의 소리를 고이게 했다
애초부터 달에 관심이 많았으므로
실밥마저 사랑하게 되는 것,
근육의 돌기를 모이게 하는 것

반달이 깊게 내 혀에 눕는 순간
내 혀 절반은 한 마리 여우
서로의 돌기가 엇박자를 냈을 때
여우는 반달을 사정없이 깨문다
새콤한 달들이 펑펑펑

내 몸은 온통 오렌지 밭이다

버드나무미용실

세상의 고비에서 가장 편한 곳이 어디냐고
사람들에게 물으면
머리카락 솎아내는 바람의 손놀림이
한 번도 중심이 벗어난 적 없는
달팽이관이 환해지는 길
파르스름한 가마가 열리는 길
버드나무 잎을 헤아리다가
연못 속 금붕어 소리를 빨아들이는
나비들의 춤사위가 시작되는 곳이라지요
아메리카 커피 향이
잡담처럼 술술 풀려나와
세상에 하나뿐인 모자를 완성하기 위한
새의 호로록거림이, 저만치
오는 외로움이 훠이훠이 내쫓는
노루걸음이, 나뭇가지에 걸터앉아
버들피리 부는 곳이라지요 저만치
오는 두근거림이, 까만 머리카락의 물결이
은밀한 눈빛을 주고받으며
선택된 잎들이 단아한 몸매가 될 때까지

휘파람을 부는 곳이라지요

온전한 나무 하나가 완성되는 순간

세상에서 가장 투명한 거울이 되는 것이라지요

소화의 동쪽·2

흐르는 행동은 생기가 발랄하다
어둠이 왔더라도
어둠을 물리칠 수 있는
정신적 무기는 환한 움직임이리라

학문에 능통한 척
봉사 정신에 투철한 척
이웃을 위한 척
허방 짚은 소통은 언제든 금이 간다

네가 슬프니 내가 슬퍼, 보다는
네가 기쁘니 내가 기뻐, 란 말이 절실한 세상
수탉이 울기 전, 우리는
고인 물을 빼야한다

흐르는 시작은 성유와도 같은 것
흐르는 웃음이 많아질 때
서로가 만난 소실점은 단단하다
꽃피듯 생각이 부드러워지는 것이다

지금은 안과 밖이 신중할 때
나 아닌 너도 사랑스럽게 바라볼 때
나를 독하게 견뎌낼 때

묵상의 늪

눈 내리는 바깥을 오랫동안 바라봅니다
아무 간섭을 할 수가 없는
창밖의 늑골,
짙어지는 어둠에 감각이 없습니다

숨겨진 비리를 파악한 듯
가난한 마을도 입 다물고 내리는 눈을 맞습니다
불안전한 기획,
독재를 고집한 이중적 눈발이 변신을 꿈꿉니다

누군가의 기도는 계속 떨리고
어둠을 밀어낸 가로등 불빛이 가끔 숨을 고릅니다
온갖 상념에 겹겹 언 강과 길, 서로의 등뼈를 확인합
니다
그러나 그들은 겁먹지 않는 내일

점점 기온이 떨어지면
언제 도로가 막힐지 모르는데
왜 새를 울리고 서민의 마음을 모른 체합니까

무덤을 통과해 소나무 사이로 펄펄 날아다니는 북극의 혼령들

과거와 현재를 혼돈합니다

이는 배타적 완결성에 목숨을 건 쿠데타!

어리석고 끈질긴,

눈 내라는 바깥이 바로 나였습니다

폭설

발가벗은 나무 위로 눈이 내리고 있다
부끄러워 얼룩이 조금씩 감춰졌다
점점 가벼워지는 몸 밖,
어제의 무거운 것들이 먼 추억으로 쌓이는

이젠 아프지 않아요
점점 단단해지고 있는 눈의 설환雪幻,

날이 새도록 사내의 등이 얼고 있었다

골목은 얼어붙은 지 오래
누구에게는 골목이 생계수단이라는 것을 알기에
출근을 가로막는 것들은
감당할 수 있을 때 해결해야 한다
불황의 회오리를 알리는 조간신문 기사처럼
긴긴 밤이 삽 끝에 펼쳐진다

어둠을 비운 새들이 날아다닌다

까만 계절이 뚝뚝 떨어지고 먼 곳에서 도착한 바람이
맨 끝 길 가로등을 점검하면
마지막 노동의 소실점에서는
반백의 골목이 푸른 지도를 발견할 것이다

우리는 존재가 아닌 존재이고 싶어
오늘의 형식을 사랑해,
얼룩이 새의 뒷모습 속으로 사라지고 있었다

맨드라미, 그 집

나는 서정의 계보
수십 차례 체위를 바꾼다

골목을 돌면서 정선의 전부를 다 마셔버렸는데도 불
면인 이유는 뭘까 새벽 두 시가 넘어 귀뚜라미와 달이
궁합이 맞았는지 이른 아침에서야 봉양리 뽕나무는 환
한 미소다

마루 틈으로 뻗쳐오는 흙냄새가 기가 막힌다 아- 생가
에 머무르고 있는 듯 생각이 미끄럽다 베게는 내 턱을 어
쩌지 못하고 있는데 넌지시 나를 올려다보는 맨드라미
꽃, 그렇게 어엿한 맨드라미는 난생 처음이었다

일순, 내 몸에 맨드라미 씨앗이 그득했다 씨앗은 초고
속 성장으로 벽에 걸린 기타를 딩딩 쳤다 기타 속에는 갈
색 강아지들이 뛰어다녔다 내가 옆으로 돌면 저들도 옆
으로, 내가 엎드리면 저들도 엎드려, 참으로 묘하여라 그
대들은 전생에 누구였소?

여행 끝 심오한 발작, 그리운 너에 대해 생각한다
또 하나의 나인 맨드라미, 그 집
언제 다시 가보나

채석강

아주 오래 전부터 동행한 당신과 나
발자국 소리가 뚜렷이
숨소리가 뚜렷이 국경을 넘네
절벽 너머 그 너머
아무나 신을 수 없는 태초 부족장 신발로

수천 광년을 말아 올리는 소리
수천 광년을 말아 내리는 소리에
더 단단해진 사원
못 다한 말과 행위가 거기에 다 기록되어있다는?

기억으로부터 버림받은 통증
거부의 날은 뼈 속에서 흔들리고
절벽은 매일매일
누군가를 지켜준 수문장이었을 것이네

자근자근 밟히는 태양의 파편
섬의 신발은 문명이 두렵네
갯벌 속 침묵이 아늑히 느껴질 뿐

아주 오래 전부터 견뎌온 문장

아무나 알아들을 수 없는 부족장 언어가

빽빽하네

저물녘 바다

나 아닌 나는 어디로부터 오는가, 작동흥분
무수한 꿈을 지켜낸 구름, 바다의 둔부
그대들도 해야 할 일이 점점 늘어가겠구나.
내 꿈도 수천 번 파도와 부딪히면
황량한 뒷골목, 어제의 절망도 밋밋해질까.

신비를 쫓아 내달렸던 스무 살의 풍금소리
완벽한 욕심이 언제 있었나? 되묻겠지.
몸 전체가 기회인
그대 애덕이 지속적이라면
나 아닌 나는 그대이고 싶네.
포도주와 칸나가 뒤섞인 아늑한 노을 집.

홍시

아이의 심한 다이어리어diarrhea에 좋다 하여 껍질을 까서 접시에 올려준 적 있다

어머니, 홍시는 이렇게 먹는 게 아니에요 꼭지 반대편에 작은 구멍을 내서 쪽쪽 빨면 감쪽같이 껍질만 남고요 알은 제 혀를 헤집고 다니며 즐거워해요, 어디서 그런 기술을 배웠냐고 물었더니 요구르트를 먹는 것에서 아이디어를 얻었고요, 홍시와 요구르트는 느낌이 달라요 요구르트는 아껴먹는 이유도 있지만 수학이 풀리지 않을 땐 뇌를 박박 긁는 회초리죠 그런 반면 홍시는 잡념을 없애요 마술부채처럼, 문제는 빠는 힘을 조절하지 않으면 순식간 입 주위에 홍수가 난다는 거예요

며칠 전 딴 감이 단풍잎보다 붉다 불경스런 소문을 피해 방갈로에 홀로 앉아 홍시를 빠는 중이다 홍수가 나지 않도록 모진 일 견디고 있는 바깥을 쓰다듬고 싶은 것이다

최전방에 맞서다

간간間間이 다가오는 산속 불빛이 정겹다
숯을 굽는 연기를 품어내듯 최전방은 평화의 거울

별이 쏟아진 자리는 너무 깊어
선뜻 손을 내밀기엔 모질게 휘어진 길
아주 잠깐이라도 담배를 피워야 그를 편히 볼 수 있겠
다는 생각
차오른 시간의 각에 브레이크를 건다

도넛 여럿 나무에 올라갔다
도넛 한 무더기 동이 틀 무렵 나무에서 쿵, 떨어졌다

마침내 오랫동안 기다렸다는 듯
설산雪山이 소의 눈처럼 빛났다

눈부신 태양 아래, 소들이 우글거린다
눈물은 점점 산산조각
극에 달한 설렘, 프로필이 바뀐 구렁 소리
어제의 그들이 아니었다 너무 푸르러서 너무 환해서

햇살은 강물을 돌고
강물은 햇살을 돌고

끝까지 최전방 행동은 충성!
우리는 더는 울 수가 없었다

잎 없는 나무

아내에게 잡혀 사는 아들이
마른풀 뽑고 있는 아버지께 말을 건넨다
아버지, 벌써부터 여기 오시면 어쩝니까
아녀, 내가 가야 할 자리 내가 보살펴야지
나 떠난 후 네 엄마 잘 부탁한다
네 엄마 더는 울게 하지 마라
아버지 무슨 그런 말씀을 하십니까
이제 어머니께 사랑한다는 말씀도 하시고
두 분 오래오래 사셔야죠
우린 말 안 해도 다 안다
너희들은 잘 모르지?
요즘 젊은이들은 사랑만 가지고 못살아
그 놈의 물욕이 요물이여
오늘 죽을 것 같아도
남자는 나무와 같으니
고요히 사계절 견디는 법을 알지

그늘의 문장

엎질러진 남자의 끝자락에서 그늘이 펼쳐졌다 주름치
마같이 물결 발자국같이 그늘진 쪽으로 휘어져 등줄기가
뻣뻣해진다 호흡과 호흡 사이 가느다란 떨림줄 같은 것
들이 목 뒤로 흐르는 핏방울들이 하늘과 땅의 경계를 가
르면서 나를 밀고 당긴다 그늘이 그늘을 뱉어내면서 넌
출거리면서 그와 내가 뭉뚱그려지고 흔적 없이 사라지고

어쩌다 복도 난간에서 번뜩이는 너를 만날 때도 있다
4차원의 세계로 들어가 허리를 빙글빙글 돌리며 핑크색
돌고래가 되거나 플라스틱을 와작와작 씹으면서 밀림 속
나비 족이나 될까 지그시 눈을 감으면 펼쳐진 그늘 속으
로 내가 빨려든다 허공이 끌려온다 바깥세상을 기웃거리
는 그 틈새 코발트빛 토막 하늘이 부서져 내리고

당귀

당귀가 끓는 물에 뒤척거린다
우려내는 물은 낙타의 그윽한 눈
아가, 추석에는 꼭 강원도에 오너라, 너 주려고
심은 당귀가 내 팔뚝만 하구나
두 줄의 안부를 묻고는 추석 지나 이레 만에 아버님은
뒷밭의 실한 당귀가 되셨다

우려내면 낼수록 짙어지는 향기,
자기 땅이라고 우기는 황소개구리를 내쫓는다
개발 지역이 아니라고 빨간 띠 두르고 진종일 외치던
팔순 노인을 위로한다
스르륵 목젖을 넘어가는 당귀차
아버님 말씀이 졸졸졸 흐른다
국위 선양이 뭐 따로 있나, 이 당귀 먹고
아들딸 잘 키우며 남편 내조 잘하는 것이 국위 선양
이지
나는 여태껏 정치권에 서지 못했어도
뿌리의 속성만을 터득하며 살아왔다
마실 때는 고약하게 쓴 것 같아도 마시다 보면

자연히 다루는 법도 알게 되지

아가, 당귀가 바로 세상이여

아드레날린의 할거

반쯤 열린 쪽창을 타넘는 바깥이 심상치 않다
해시시 풀려오는 풀향기에 취해 하마터면 추락할 뻔
했다
대초원을 달리는 얼룩말의 속도만큼
아드레날린 바깥은 깊고 푸르게 틔었다
숨이 가빠져서 양쪽 팔을 쭉, 찢은 나는
발코니에 배꼽을 늘어뜨리고 은하철도999를 부른다
인생이 별건가? 이류면 어떻고 삼류면 어떤가?
달콤한 침묵은 너를 찢는 마성을 즐기니까

내 몸에서 데소나기, 그 이후 처진 빗방울이 발아래 바
위를 내리친다
아늑한 사원이 되기를 기도하면서, 그러나
욕심이었다 분명한 것은 이미 꽃을 들이기 전
화병처럼 미리 상대를 파악한 네모난 표정이라는 것
이다
오로지 저만을 위해 숨죽인 자전,
한번 속았다면 또 속아보는 것도 나쁘지 않다는?
느긋한 바닥이 되라는? 이를테면

그냥 바위의 일방적 할거라고 해두자

바람이 고양이 발톱을 세우자 숲은 한바탕 파고가 인다
남학생들이 교복바지를 무릎까지 걷어 올리고
비틀거리는 은행나무를 붙들고 간다
책가방이 젖는 것을 즐기는 듯
늙은 전봇대가 지나가자 순한 빗방울은 종적이 묘연
하다
부사적 바람이 아니므로 털 없는 음부가 된 것이다
접촉이 심해지면 감각이 내성을 얻으므로
간단명료한 말들은 아드레날린의 본질을 흐리게 했다

소나기, 그 이후

소나기 지나간 자리마다 꽃의 종소리가 즐비하다
후드득, 갈모를 쓰고 밤새 송독한
그녀 입술이 공명을 잃어간다, 편독한
바람이 그녀를 껴안고 인공호흡법을 실시한다
어젯밤 무슨 일이 있었니?

어떤 책을 읽었기에 혀까지 뜯긴 거니?
너덜너덜한 꽃술 사이로 어젯밤 계류가 입을 연다
참나리영감 아들이 물고기 따라 먼 바다로 헤엄쳐갔어요
굴참나무 생선가게가 경기불황으로 문을 닫았고
수국아주머니댁 딸은 신종바이러스로 한 계절 앓다가
새처럼 하늘로 날아갔어요

치아에 끼어 팔딱거리던 독서감상문은
이제 막 빨간 우체통에 넣었고요
동그란 시국선언, 망초꽃 이야기가 없었다면
슬픈 능소화 이야기가 없었다면
밤을 지새울 이유가 없었어요, 저는

얇아진 입술들이 안개 속에서 아프다
음이온 흙은 그녀를 묻으며 드높인 종소리
네가 지나간 자리마다 내 궤적은 계속 이어질 것이다
지는 꽃의 마지막 항소
환생 한 자락이 성모마리아상을 물끄러미 올려다본다

잉여인간*

　오늘밤 나는 꽃을 범한 바람의 첫 번째 아들, 당신의 마음을 훔친 이념의 스펙트럼, 실종된 회사가 내비게이션 없이도 날아왔다 다시 사라지는, 허기진 덧니들이 어둠이 깔린 둥지에 드러누워 추녀까지 뜯어먹는 것 같아요

　구독률 높은 사회면만 골라잡아 흥미진진한 여자엉덩이만 빼내 외딴섬에 감춰두면, 어느새 새까만 박쥐 떼가 달라붙어 또다시 유목의 길로 흘러 다니게 해요 바람 불어 쓸쓸한 구름이 과거 시점 속 강물을 방목하는 회전문

　제방으로 턱 버티고 서 있고 싶었으나 추운 바람 속 고독한 유전자, 서늘한 혈관 속 층층계단을 따라 올라가면 재단된 노을들이 만들어낸 일곱 날이 펼쳐지는 아무르강, 오늘 흐르고 내일도 흘러흘러 타인을 위한 진정한 몇 알의 안정제라도 될 일이지 허름한 나비넥타이는 왜 꺼내들고 있는지

　독주를 꿈꾸는 워밍업이 필요해요 물의 시간도 神의 시간도 아닌 막다른 골목을 달리고 있어요 알래스카사막

같은 거친 가슴을 쓸어안고 바삭바삭 갈라져요 진화된
사유의 곡진한 화법으로 나만의 허기진 무희를 즐겨요

* 손창섭 소설 제목

해설

삶의 심층에 가 닿는 감각, 시를 향한 사유

유성호(문학평론가·한양대 교수)

1.

근본적으로 '시'는 시인 스스로 자신을 탐색하고 성찰하는 이른바 자기 확인의 속성을 강하게 띠는 예술 양식이다. 줄글 양식들이 상대적으로 객관적인 세계 인식의 성격을 짙게 함유하는 데 비하면, 시의 이러한 자기 탐구적 성격은 매우 고유한 것이다. 이처럼 시의 가장 근원적인 창작 동기는 일종의 자기 확인 욕망이라고 할 수 있다. 따라서 누구나 시를 쓰면서 혹은 시집을 묶으면서 느끼게 되는 것은, 자기 확인에 따르는 일정한 두려움과 설렘일 것이다. 그래서 시에서 다루어지는 기억이란 시인이 스스로 지나온 시간을 형상화하려는 의지에서 비롯되고, 이때 기억의 내용이란 항상 시인 스스로 겪은 경험에서 유추할 수 있는 역동적 형상을 담게 마련이다. 이러한 기억을 매개로 한 시간 형식이 바로 '서정'의 원리 가운데 가장 고전적인 것일 터이다. 하지만 '시적인 것'이 사물과 기억의 유비적analogical 관계에 멈추는 것은 아니다. 그것은 사물을 기억에 실어 표출하는 것으로 나타나기도 하지만, 대상 자체가 품고 있는 고유하고도 물질적인 속성

자체를 재현하는 경향으로 나타나기도 하기 때문이다.

이강하 시편들은 이러한 기억의 출렁임과 사물 자체의 속성이 단단하게 결속하고 있는 특성을 지닌다. 그리고 이러한 경향은 이번 신작시집에서 더욱 선명한 감각으로 재현, 확장되고 있다. 가령 그것은 감각의 구체와 함께 삶의 심층에 대한 지극한 애착이 각각 확연한 시적 원심과 구심을 이루면서 일대 상상적 도록圖錄을 완성하고 있다. 그렇게 그녀는 자신의 시쓰기를 통해 감각으로의 일탈과 승화를 동시에 꿈꾸면서 지상의 존재자들을 향한 사랑을 노래한다. 그 세계의 귀일점이 시적 유토피아라면, 아마도 그것은 이미 있었던 지적처럼 "지금, 현재 이곳의 삶을 통해 꿈꾸는 공간이라는 점"(이재훈)을 더욱 확연하게 착근시켜간 성취가 아닐 수 없다. 그래서 이번 시집은 더욱 삶의 심층과의 연루 가능성이 높아지는 방향을 취하고 있다 할 것이다.

2.

이강하 시편들은 '시'가 사유할 수 있는 형이상학적이거나 윤리적인 구심들을 현저하게 비껴가면서, 그 안에 담겨 있는 구체적 감각과 율동을 장악하고 표현한다. 선명한 물질적 상상력을 개입시킴으로써 한결 한 시대의 감각적 우화에 근접하는 것이다. 가령 원심적 상상력을 통해 그녀는 오랜 시간 동안 자신의 몸속에 축적해왔던 감각의 극점을 보여주는데, 이를 일러 시간의 감각화라고 말할 수 있을 것이다. 이는 사유의 추상보다는 감각의 구체를 통해, 그리고 경험적 실감보다는 상상적 미감을 통해 완성되는 그 무엇일 터이다. 다음 시편에 나타나는 감각의 구체를 들여다보자.

어둠 속 빛을 겨냥한 소리는 신중하다
빛을 품은 축축한 것들이 구름 속에서 발화되는 것
처럼
구름이 태양을 알아가는 깨달음의 현絃

둥근 턱을 바랬으나
뾰쪽한 턱이 더 많았던 시간
그러나 좋은 노래를 부르기 위해 나뭇가지 슬픔도
감수한
나이테 속 무중력의 악보들,
덜 여문 관계까지 눈치 챈 이 빗소리를 무엇이라
불러야 하나

뼈를 깎는 논쟁이 있었기에
온 세계가 모여 만찬에 들 수 있는 것

이 세상 하나밖에 없는 악기로 부산떠는 거지

지난 잘못을 이제는 다신 거론 말자

정작 상처 입은 사람은 왜 말이 없는지

우리는 알면서도 모른 척, 현재의 실상에 박수를
치는 거지

돌아서는 내가 두렵다

내일은 언제나 다이어트, 뚱뚱하게 내리꽂는 비의
변곡점에

눈을 떼지 못한 너도 두렵다

야누스를 복면한 빗방울들이

어느 복지관 굴뚝을 열심히 들여다보는 저녁

— 「붉은 첼로」 전문

　이 작품에는 소리와 빛깔이 아스라한 균형을 이루면서
감각의 실재를 선연하게 구성한다. 아닌 게 아니라 '붉
은 첼로' 자체가 시각과 청각의 동시적 향연이 아니겠는
가. '첼로'는 어둠 속 빛을 겨냥한 소리를 안은 채, 빛을
품은 것들이 발화發火/發話하듯, 구름이 태양을 알아가는
"깨달음의 현絃"으로 슬픔의 시간을 지나왔다. 그 슬픔의
힘으로 "온 세계가 모여 만찬에 들 수 있는 것"을 탄주하
면서 첼로는 무중력의 악보를 통해 "이 세상 하나밖에 없
는 악기"가 되어간다. 그렇게 현상한 비가시적인 선율을

따라 시인은 "상처 입은 사람"의 침묵과 이 모든 것을 알면서도 모른 척하는 이들의 표정을 아슴하게 소멸해가는 소리와 빛깔로 담아낸다. 이때 저녁의 기운 곧 "저물녘의 신비"는 겸허하고 적막한 "한생 한생이 출몰하는 매순간"(「저물녘」)을 어둑한 빛깔로 받아들이면서 차츰 완성되어간다. 마치 연주를 끝낸 단독자 '붉은 첼로'처럼 말이다. 이처럼 이강하 시편들은 붉은 빛깔과 소리를 품은 채 하나하나 확장되어가고, 그 결과는 이렇게 다른 '붉음'으로 전이되어간다.

> 또 다른 하루가 시작되는 항구다
> 네 모습이 붉다
> 내 모습도 붉다
>
> 무수한 생명이 남겨놓은 소리
> 양면성을 지닌 발자국 소리가 빛의 균열에 순응하면
> 파르르 오감을 느끼는 노을 속 구멍들
> 먼 바다를 향해 붉은 깃을 세운다
>
> 펄럭거리던 돛, 아득히 밀려드는 섬의 물결
> 지나간 시간, 어스름의 메아리는
> 그리움보다 쓰라린 공터의 사색을
> 즐기겠구나, 검은 울음을

다 토해낸 구멍 많은 어느 당산나무처럼

너와 나의 거리가 멀수록
은밀히 포효하는 형상인가, 끼룩끼룩
기러기 떼 날아올라 우리 자리를 힘차게 다독여도
자꾸만 다른 모습이다
앞뒤가 충만한 황홀함으로
더 깊이 더 가벼운 안식으로

또 다른 계절의 문이 숨을 크게 몰아쉰다
네 모습이 편안하다
내 모습도 편안하다

―「노을」전문

　아마도 '붉은 첼로'가 연주한 소리가 '붉은 노을'이라
는 영상으로 옮겨왔을 것이다. '너'와 '나'의 붉은 모습은
"또 다른 하루가 시작되는 항구"에서 한층 흐릿하게 다
가온다. 그 붉음 안에는 "무수한 생명이 남겨놓은 소리"
나 "양면성을 지닌 발자국 소리"가 빛의 균열에 순응하
면서 오감을 느끼게 하듯 붉은 깃을 세우면서 퍼져만 간
다. "아득히 밀려드는 섬의 물결"은 마치 "어스름의 메아
리"처럼 은밀하고 충만하고 황홀하게 더 깊고 가벼운 안
식으로 인도한다. 그렇게 '노을'은 또 다른 계절의 문 앞

에서 숨을 몰아쉬며 편안하게 번져가는데, 이야말로 저 물녘의 붉은 노을이 "누군가를 위해 궁굴려지는 꿈"처럼 "아주 고요한 평화가 번져나"(「나무의 불혹」)는 감각의 구심을 이루는 것이다.

이처럼 이강하 시집의 전경前景은, 사물 깊숙한 곳에서 출렁이는 감각의 물질성을 구체적으로 잡아내어, 그것을 사물의 존재 형식으로 끌어올리는 데서 발원한다. 그리고 궁극적으로 거기 깃들이려는 감각적 귀환 운동을 매개하고 충족하고 완성한다. 붉게 물들고 퍼져가는 그녀의 원심적 감각과 다시 그곳에 깃들이려는 구심적 감각이 여기서 한층 더 깊은 미학적 결속을 이루는 것이다.

3.

다음으로 중요한 이강하 시편의 음역音域은, 삶의 심층으로 내려가 그곳에서의 사물과 내면의 파동을 조감하고 담아내는 데 있다. 사실 그 어떤 사물도 도구적 이성이 서열화하는 합리성과 효율성의 잣대에서 자유로울 수는 없을 것이다. 이때 합리성과 효율성은 그 자체의 맹목으로 인해 시인의 심미적 감각을 철저하게 복속하려 한다. 이러한 인식의 관행 안에서는 존재 자체와 온전하게 만날 수 없게 되고, 삶의 심층은 근원으로 충만한 가능성의 공

간으로 읽히지 않고 결핍과 불모의 상관물로 파악될 가능
성이 크다. 이강하 시인은 이러한 근대적 합리성과 효율
성을 넘어서는 배경으로 '안개'나 '노을'을 적극 끌어들
이면서, 그것들이 가지는 근원적 의미를 활달하게 시화
함으로써 삶의 근원적 심층에 가 닿는다. 퍽 귀한 일이다.

　　삶의 저편에서 달려오는 소리가 잠복근무에 들어
갔다
　　수백 개 푸른 눈을 반짝거리며 채찍을 휘두르는
마차의 방울 소리는 속도와 어둠을 사수하는 밀림의
폭포

　　흰 장막을 치며 깊어가는 밤을 기습 공격한다
　　안개의 구릉들이
　　새부리를 꽂은 기수지역이 죽음보다 깊은 늪에서
몸서리친다
　　뜨거웠다 다시 차가워지는 흐름의 구석

　　분명한 것과 분명하지 않는 예감은
　　과거의 무게로 자라 미래의 높이로 추락하는 잎이
말해주는 것

　　별들이 어둠을 짙게 빨아들여 점의 밀도로 태우듯

이별하는 잎들이 가장 고운 소리에 지쳐 적요가
되듯
구석인 순간,
쫓는 자의 사전거리 안에 갇히고 마는

내가 도착한 곳은 어디인가

제 숨이 닳아지는 줄도 모르고 벼랑 밖 허공까지
삼킨
적요의 통로는 깊고 서늘했다
양쪽 세상을 동시에 만끽하며 여전히
정지를 모르고 길들이 사라지는 비밀의 늪

나를 끌고 어디까지 가려는가

―「안개에 들다」 전문

여전히 시인은 "삶의 저편에서 달려오는 소리"를 듣고
있다. 비록 '잠복근무'라는 말을 택하고는 있지만, 시인
은 그 소리가 "수백 개 푸른 눈을 반짝거리며 채찍을 휘
두르는 마차의 방울 소리"라고 해석하며, 그 소리로 하여
금 "속도와 어둠을 사수하는 밀림의 폭포" 같은 격렬하
고도 스케일 큰 음상音相으로 시종 시편을 압도하게끔 한
다. 안개를 의미하는 "흰 장막"은 "뜨거웠다 다시 차가워

지는 흐름"을 담고 있고, 어두운 밤 "이별하는 잎들이 가장 고운 소리에 지쳐 적요가" 된다는 아름다운 표현에서 보듯, "내가 도착한 곳"은 "제 숨이 닳아지는 줄도 모르고 벼랑 밖 허공까지 삼킨/적요"의 힘으로 이루어져 있다. "새의 울음 따라 벼랑에 서 있다"(「결빙구간」)든지, "벼랑 끝을 오르내리는 탄성"(「브이―트레인V-train」) 같은 표현을 중시하는 그의 깊고 서늘한 감각을 다시 한 번 여지없이 보여주는 국면이다. 그렇게 시인은 "정지를 모르고 길들이 사라지는 비밀의 늪"에서 여전히 어둑하지만 격정을 잉태한 채 새로운 세계로 열려갈 삶의 심층적 형식에 자신의 언어를 내맡기는 것이다. 물론 그것은 거기에 "벗어날 수 없는 운명적 얼굴이 계속 연결"(「방주의 난간」)되어 있기 때문이기도 할 것이다.

　　　그의 몸에 무궁화 꽃이 피고 있다 조국을 향한 혁
　　명적 그리움,

　　　가도 가도 채울 수 없는 사선의 허기가

　　　붉은 행성을 돌고 있다

　　　독립의 사슬에 부딪혀 상처가 나고 화살을 맞기도
　　했으나, 이는

오랫동안 마음을 비운 충혼의 가벼움이다

자유보다는 억압된 기도가 많았던 시간, 생각할
수록

개인적인 직무에 열정을 쏟았던 나 아닌 나

비릿한 역사가 온갖 기형적 물빛을 뒤흔든다

끝없이 엇갈린 지난 날, 안과 밖의 전투가

연줄을 푸는 내내 울퉁불퉁하다

꽃이 피고 지는 생과 사의 무한처럼

낮달의 입장에서 보면 인간이 만들어 놓은 역사와
죄는

낮과 밤의 과녁을 능가할 것이라 우기고 싶겠다

호수를 건넌 연의 맥이 오목가슴 휘며 액厄을 쫓
는다

점점 선명해지는 노을 속, 그날의 네가 서 있다

그의 영혼은 적도의 능선, 무궁화 꽃 만발한 영겁
의 궁이 될 것이다
　　　ー「적도의 鳶 ー 송정박상진호수공원에서」 전문

　호수공원에서 기리고 있는 박상진이라는 인물은, 울
산 송정에서 태어나 대한광복회 총사령을 지낸 분이다.
그는 독립운동에 나서 대한광복회를 조직하고 총사령으
로 추대되기도 한 인물인데, 시인은 이러한 역사적 기억
이 잔잔하게 흐르고 있는 곳에서 삶의 깊은 얼굴을 들여
다보고 있다. 시인이 상상하는 "무궁화 꽃"은 "조국을 향
한 혁명적 그리움"을 일차적으로 현상하는 것이지만, 어
쩌면 그것은 "가도 가도 채울 수 없는 사선의 허기"를 두
르고 있는 "붉은 행성"의 모습을 하고 있기도 할 것이다.
물론 그 '허기'는 "진화된 사유의 곡진한 화법으로 나만
의 허기진 무회를 즐겨요"(「잉여인간」)에서의 '허기'와
는 전혀 다른, 역사에 개입하려는 참여적 열정의 다른 이
름일 것이다. 그 험로에서 비록 상처를 입었지만, 그것은
"오랫동안 마음을 비운 충혼의 가벼움"일 것이기도 할
터이니, 시인으로서는 "자유보다는 억압된 기도가 많았
던 시간"이야말로 "나 아닌 나"를 완성한 불가피한 시간

들이었음을 토로할 수 있는 것이다. 이를테면 "상처 이후 간절함이 비 그친 후면 더 선명하듯"(「못」) 그렇게 단단하게 성숙한 시간이 거기 필연적으로 있었던 것이다. 연줄을 푸는 내내 울퉁불퉁하던 시간들은 "인간이 만들어 놓은 역사와 죄"처럼 차츰 퍼져나가고 "호수를 건넌 연의 맥이 오목가슴 휘며 액厄을 쫓는" 풍경이 만져지게 된다. 다시 한 번 "점점 선명해지는 노을"에서 시인은 "적도의 능선, 무궁화 꽃 만발한 영겁의 궁"을 날고 있을 연을 상상하고 있는 것이다. 그때 공원은 자신만의 신비로움을 뿜어낸다.

가끔 바닥이고 싶을 때가 있어 나뭇잎 속삭이는 소리를 금세 알아채는 신비한 무덤이고 싶을 때가, 점점 울퉁불퉁해지는 걸음, 서늘해진 바다 향에 손톱이 가려워 지각의 회전을 천천히 느끼며 잡초를 뽑기도 해 생각이 어긋났다 싶으면 저 나무는 언제든 마법을 쓰겠지 가차 없이 꽃을 지우고 열매를 선택하는

―「고베 메모리얼 파크를 걷다」 중에서

"태양이 끓는 소리를 가까이에서 엿들을 수 있는 신비한 새이고 싶을 때가" 있었다는 시인은 "가끔 바닥이고 싶을 때가" 있었고 더러는 "나뭇잎 속삭이는 소리를 금세 알아채는 신비한 무덤이고 싶을 때"마저 있었노라

고 고백한다. 그렇게 신비하고 아름다운 '새(상승)'이자 '바닥(하강)'이자 '무덤(죽음)'이 되고 싶었던 마음이야 말로, 삶의 종요로운 심층에 가 닿고 싶은 시인으로서의 실존적 욕망을 은유하고 있는 것이다. 이 또한 삶의 심층에 가 닿는 감각을 섬세하게 보여주는 국면이 아닐 수 없을 것이다.

4.

그런가 하면 그녀는 스스로의 시쓰기 작업에 대한 메타적 사유를 진행하여 '시인됨'의 의미를 스스로에게 묻는 시인이다. 말하자면 시인은 자신의 감각을 담아내는 '언어'에 대한 깊은 자의식으로 이 시집을 출렁이게 하고 있는 것이다. 인간은 언어가 형성해주는 현실만 알 수 있다는 점에서 본다면, 우리는 언어를 통하지 않고는 어떤 의식도 형성할 수 없고 어떤 사물이나 관념도 언어로 구성되지 않으면 우리의 의식 속에 존재할 수 없음을 알게 된다. 시인은 언어의 도구적 기능을 넘어 이러한 언어 자체의 메타적 속성에 대한 탐색에 공을 들인다. 이 점, 자성적이고 자기 귀환적인 서정의 원리에 매우 충실하면서도, 나르시스트로서의 면모에서 멀찍이 벗어나 있는 그녀만의 특성이 아닐 수 없다. 스스로 "나는 서정의 계

보"(「맨드라미, 그 집」)라고 하기도 했지만, 시인의 시선
과 감각에 남은 사물들은 꼼짝없이 그러한 서정의 원리
를 충족하면서, 시인이 쓰는 '시詩'의 은유가 되어주고 있
는 것이다.

　　　깜깜하지 않아, 나는 항상 바깥이었으니

　　　내 바깥은 신비롭고 화창해
　　　기차를 타고 가는 기다란 호수 같아
　　　멀리 여행을 가고 싶어, 하고 노래 부르면
　　　물결을 타고 오르는 싱싱한 배 한 척
　　　그러나 완벽한 항해란 쉽지 않아
　　　공연을 실수 없이 마치는 것처럼
　　　목덜미를 스치는 그 무엇도 놓쳐선 안 돼

　　　허공의 길을 더듬어 몸을 휘는 나무들
　　　울퉁불퉁 걸음은 매초 근엄하고 신중하지
　　　나는 슬픔을 모르는 볼록한 잎눈
　　　어느 지팡이 미래를 연구하는 점자가 되지
　　　어둠으로 이어지는 저녁의 길 끝, 저쪽을
　　　훤히 열어놓고 나는 밤에도 걷지

　　　두렵지 않아

내 몸속에는 거대한 지도가 움트고 있으니

　　　　　　　　　　　　　　　　　　—「盲人」전문

　비록 시적 캐릭터를 '맹인'으로 설정했지만, 그 '맹인'
은 오히려 자신이 늘 '바깥'이었기 때문에 깜깜하지 않았
노라고 고백한다. 그 '바깥'이야말로 물리적 감각이 가 닿
을 수 없는 신비롭고 화창하고 싱싱한 공간이 아니겠는
가. "허공의 길을 더듬어 몸을 휘는 나무들"처럼 "슬픔을
모르는 볼록한 잎눈"을 가진 이로서의 이러한 토로는, "
어둠으로 이어지는" 동시에 "저쪽을/훤히 열어놓고" 사
라지고 만다. 그때 생성된 몸속의 "거대한 지도"야말로
비가시성으로 찾아온 '시적인 것'의 외연일 것이다. 아닌
게 아니라 '지도'란 공간의 질서를 복원한 것이 아닌가.
물론 이때 '질서'가 단조로운 규칙성을 의미하지는 않는
다. 오히려 그것은 "나를 독하게 견뎌낼 때"(「소화의 동
쪽 · 2」) 비로소 몸속으로 찾아오는 "불덩이를 품은 기
억"(「숯가마」)일 것이고, 그 기억을 토대로 한 "마지막
노동의 소실점"(「폭설」) 같은 것일 터이다. 아스라하게
사라지면서 화인과도 같은 기억의 질서를 남기는 것, 그
것이 그녀에게 '시'가 아니고 무엇이겠는가.

　아주 오래 전부터 동행한 당신과 나
　발자국 소리가 뚜렷이

숨소리가 뚜렷이 국경을 넘네

절벽 너머 그 너머

아무나 신을 수 없는 태초 부족장 신발로

수천 광년을 말아 올리는 소리

수천 광년을 말아 내리는 소리에

더 단단해진 사원

못 다한 말과 행위가 거기에 다 기록되어 있다는?

기억으로부터 버림받은 통증

거부의 날은 뼈 속에서 흔들리고

절벽은 매일매일

누군가를 지켜준 수문장이었을 것이네

자근자근 밟히는 태양의 파편

섬의 신발은 문명이 두렵네

갯벌 속 침묵이 아늑히 느껴질 뿐

아주 오래 전부터 견뎌온 문장

아무나 알아들을 수 없는 부족장 언어가

빽빽하네

—「채석강」 전문

오래 전부터 동행해온 '당신'과 '나'의 발자국 소리와 숨소리가 국경을 넘고 있다. 스스로를 일러 "나는 샤먼, 국경을 모른다/바람 속 태양의 혀처럼/황홀을 소유한 자"(「브이 트레인V-train」)라고 말한 시인의 존재론적 자기 명명의 순간이 여기에 겹쳐진다. 절벽 너머 그리고 그 너머에서 들려오는 시원始原의 소리들이 거기에 잇닿아 있음은 물론이다. 수천 광년을 올리면서 내리는 그 소리들에는 자연스럽게 시인이 "못 다한 말과 행위"가 기록되어 있고, '기억'과 '통증'과 '침묵'이 출렁이는 아득한 말의 현장은 "아주 오래 전부터 견뎌온 문장" 혹은 "아무나 알아들을 수 없는 부족장 언어"를 새기고 있는 공간인 셈이다. 거기서 시인은 "침묵과 소음을 동시에 헝클어놓고 은하수를 읽던 수많은 바람들"을 지나 "한 권의 책으로 남고 싶은"(「파도 도서관과 양파링」) 자신의 시적 욕망을 스스럼없이 드러내고 있는 것이다.

이처럼 이강하 시집의 후경後景은 '시'가 결국 시인 자신에게 삶을 비추는 거울 역할을 한다는 점을 고백하고 다짐하는 데 놓인다. 물론 이때의 '삶'이란, 실재하는 현실적 삶이 아니라, 시인의 사유와 감각이 빚어내는 심미적 삶을 더 강하게 함의한다. 그래서 '시'는 결국 그녀에게 단독자로서의 고독과 타자를 향한 열린 마음을 동시에 선사하면서 찰나와 영원, 결단과 서성임, 안식과 방황을 동시에 던져주는 삶의 형식이 된다. 이 모든 프로세스를 통해 그녀는 자신만의 '시'를 향한 사유를 수행한 것이다.

결국 이강하 시인은 한편으로는 "어떤 일이 일어나길 바라면서"(「침묵의 삼일」)도 한편으로는 "오랫동안 한 곳에 머물고 싶다는 생각"(「사막과 꽃잎」)을 가지고 시를 써간다. 그 머묾과 떠남, 단호함과 머뭇거림을 향한 갈망과 절망 사이의 심연이 그녀로 하여금 이렇게 감각적 구체성과 심층적 인식론 그리고 불가능에 가까운 언어의 꿈을 가지게 하는 원형적 힘이 되어주고 있는 것이다. 삶의 심층에 가 닿는 감각으로, 시를 향한 깊은 사유로 시인은 그 세계를 떠받치는 독자적인 방법론을 구축한 것이다. 그렇게 붉고도 아름답게 빛나고 또 각인되어갈 그녀의 언어는, 그녀의 다음 시집 첫 문장으로 자연스럽게 이어져갈 것이다. 시인이여 그렇지 않겠는가.